D1109231

Un gato no es un cojín

Christine Nöstlinger

Ilustraciones de Ángel Campos

TÍTULO ORIGINAL
EIN KATER IST KEIN SOFAKISSE

© D.R. del texto: CHRISTINE NÖSTLINGER
© D.R. de la traducción: MARISA DELGADO

De esta edición:
© D.R. 1999, Aguilar, Altea, Taurus, Alfaguara, S.A. de C.V.
Av. Universidad 767, Col. del Valle
México, 03100, D.F. Teléfono 688 8966

Alfaguara es un sello editorial del **Grupo Santillana.**
Éstas son sus sedes:

ARGENTINA, BOLIVIA, CHILE, COLOMBIA, COSTA RICA,
ECUADOR, EL SALVADOR, ESPAÑA, ESTADOS UNIDOS,
GUATEMALA, MÉXICO, PANAMÁ, PERÚ, PUERTO RICO,
REPÚBLICA DOMINICANA, URUGUAY Y VENEZUELA

Primera edición en México: noviembre de 1999
Primera reimpresión: julio de 2000

ISBN: 968-19-0548-2

Diseño de la colección:
José Crespo, Rosa Marín, Jesús Sanz

Impreso en México

Un gato no es
un cojín

Índice

Yo

Tengo una mancha blanca en el pecho.

Tengo cuatro zarpas blancas.

Y tengo un circulito blanco alrededor del ojo izquierdo.

El resto de mi cuerpo es negro como el tizón:

La cola, el lomo, la panza, las orejas, el cuello y el hocico. Y también las patas.

Nombre no tengo.

¡Yo soy un gato libre!

No me gusta que nadie pueda decir:

"Este gato responde al nombre de..."

No quiero responder a ningún nombre.

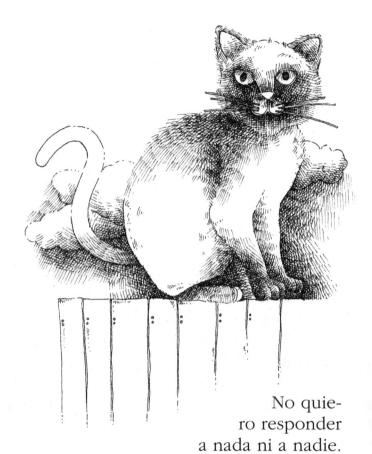

No quie-
ro responder
a nada ni a nadie.
¡Los gatos libres somos así!
En otro tiempo tuve nombres.
En otro tiempo me llamaban.
Incluso respondía a los nombres que
me daban.

La época "Michi-Michi"

Cuando era muy joven respondía al nombre de "Michi-Michi". Por entonces yo era todavía una cosita diminuta. Era tan pequeño como una salchicha con rabito.

Vivía en un establo de vacas. En un establo con cinco vacas y dos terneros.

Todos los días, por la mañana y por la tarde, venía una mujer al establo a ordeñar las vacas.

Echaba la leche en cántaros. Pero también ponía un poco de leche en un cuenco. Luego dejaba el cuenco en el suelo y decía: "Michi-Michi".

Cuando la mujer decía "Michi-Michi", yo me acercaba a ella. Mi madre y mis hermanos también se acercaban a la mujer y al cuenco de leche.

Yo tenía cuatro hermanos:

Uno era blanco con manchas negras en el lomo.

Otro era completamente negro.

Otro era blanco y con una oreja negra.

Y otro era blanquinegro. Casi como yo.

A mi padre no lo conocí.

Pero debió de ser un gato negro, pues mi madre era totalmente blanca, desde los pelos del hocico hasta la punta del rabo.

Mis hermanos y yo debimos de heredar los pelos negros de mi padre.

Cuando una gata tiene cinco gatitos, por lo general uno es más pequeño y más débil que los demás.

Desgraciadamente, yo era ese bebé de gato pequeño y débil.

Cuando uno nace pequeño y débil, las cosas no le resultan demasiado fáciles. ¡Y cuando más difíciles se le ponen, es a la hora de comer! Yo no tenía fuerzas suficientes para llegar al borde del cuenco de leche metiéndome por entre los gordos traseros de mis hermanos. Y cuando nuestra madre nos traía un ratón a casa, rara vez me tocaba un bocado.

A veces lograba hacerme con un trocito de ratón. Pero, apenas lo tenía entre las zarpas, me saltaba encima alguno de mis hermanos y me lo quitaba.

Con el tiempo, uno se suele acostumbrar.

Uno se acostumbra tanto que ya no intenta siquiera hacerse con un trocito de ratón. Y al cuenco de leche sólo te acercas, cuando todos los demás se han llenado ya la panza, a lamer lo que ha quedado.

¡Y así uno sigue siendo pequeño y débil!

¡Pero eso no quiere decir que mi vida de entonces fuese triste!

Era muy bonito tumbarse al sol en el patio, delante del establo. Era muy bonito dormir sobre el heno en el pajar, junto al establo. Y también era muy bonito ir a la caza de las moscas en la ventana del establo, aunque no lograse atrapar ninguna.

Cuando se es muy pequeño y no se está mimado, hasta las cosas más simples parecen bonitas.

¡Lo cual no significa que uno se tenga que contentar con las cosas más simples cuando se hace mayor!

La época en que me llamaban "Samuel"

Un día llegaron al establo cuatro personas extrañas. Dos grandes y dos pequeñas: un hombre y una mujer y dos niños. Uno de los niños sólo era la mitad de grande que el otro.

Mis hermanos y yo estábamos en el montón de heno que había junto al cobertizo de los terneros. Mi madre no estaba con nosotros. Ella nos solía dejar con frecuencia muchas horas solos.

Las cuatro personas extrañas se acercaron a nosotros. El hombre nos miró atentamente y dijo:

—¡El que más me gusta es el negro!

La mujer dijo:

—¡Pues el blanco con la oreja negra también es muy lindo!

El niño mayor dijo:

—¡A mí me gustan todos!

El niño que sólo era la mitad de grande no dijo nada. Se acercó a mí, me cogió y me apretó con tanta fuerza contra su pecho que casi me dejó sin aire.

El hombre y la mujer se rieron, y el niño mayor dijo:

—¡Alejandrito lo ha decidido!

La mujer salió del establo.

Alejandrito no me soltó, a pesar de que yo le mordí en la mano. ¡Pero, claro, con dientes de bebé no se puede morder bien! La mujer volvió entonces al establo con una cesta con tapas. Alejandrito me metió en la cesta y la mujer dejó caer la tapa, tan rápidamente que ya no pude escaparme.

Yo ya no sé qué pasó después.

Hoy, habiéndome convertido en un gato adulto y con experiencia, creo que las personas me metieron en un coche y me llevaron con ellos a la ciudad. Pero, en aquel tiempo, yo no tenía la menor idea de cestas con tapas, ni de coches, ni de personas, ni de ciudades.

Conociendo como conozco a los de mi especie, también supongo que me quedaría acurrucado en la cesta, todo tembloroso.

Ya no me acuerdo de nada hasta el momento en que la cesta se iluminó porque alguien acababa de levantar la tapa. Alejandrito me sacó de ella y me puso sobre una alfombra.

El niño mayor exclamó:

—¡Me gustaría que el gato se llamara Samuel!

Los primeros días de mi vida de Samuel no fueron nada malos. Echaba de menos a mi madre, eso sí. Y también echaba algo de menos a mis hermanos. Pero el cuenco de leche que me había puesto el niño mayor siempre estaba

lleno.
Y, junto
al cuenco,
había deja-
do también una
tabla de madera con
trocitos de carne.

Podía comer cuanto quisiera. No tenía ni hermanas ni hermanos que me quitasen la comida.

Sólo que Alejandrito era muy pesado. Y cada día se volvía más pesado. Quería tenerme todo el tiempo en brazos y acariciarme. Si me escondía bajo la cama, me sacaba tirándome de la cola. Si saltaba encima de un armario, se subía a una silla y me volvía a bajar. Por entonces yo aún no podía saltar al armario alto, en donde me hubiera encontrado a salvo. Una vez el tremendo de Alejandrito trató incluso de hacerme un nudo en el rabo. Otra vez, quiso ponerme un vestido de muñeca. Y, en otra ocasión, me ató una cuerda a la cola y, en la cuerda, una lata vacía de refresco.

¡Yo le tenía mucho miedo a Alejandrito!

Y cuando los gatos tienen miedo, bufan.

¡Eso lo sabe cualquiera que sepa lo que es el miedo de los gatos!

Pero la gente con la que yo vivía no tenía la menor idea sobre el miedo gatuno. Creían que yo era malo y peligroso. Pues, como cada día le tenía más miedo a Alejandrito, lógicamente, cada día se me erizaba más el pelo y mis bufidos eran cada vez más fuertes.

La mujer dijo:

—¡Este bicho se comporta como un gato salvaje!

El hombre dijo:

—¡Me da miedo por los niños!

La mujer dijo:

—¡Hay que llevarse al gato de casa!

El niño mayor dijo:

—¡Yo ya no me atrevo ni a tocarlo!

Había otra razón por la que yo no le gustaba a la mujer: ¡porque no era "limpio"! ¡Y eso que no hay nada "más limpio" que los gatos!

Los gatos suelen cavar primero un agujero en la tierra, luego se agachan sobre el agujero y "lo hacen" dentro de éste, y después lo entierran con las patas al tiempo que olfatean. No paran de echar tierra encima hasta que deja de oler.

Cuando un gato vive en una casa en la que sólo hay suelos duros, en donde no se pueden cavar agujeros, se va al cajón de arena que le ponen para ello. A un gato no hace falta explicárselo. Lo entiende él solo.

Naturalmente también yo lo había entendido y, en general, solía ir al cajón a hacer "mis cosas", como ellos decían. Pero la casa estaba llena de macetas. La tierra de las macetas es mucho mejor para cavar agujeros y esconder la suciedad que la arena de un cajón de plástico. Cuando tenía suerte, la mujer no notaba que lo había vuelto a hacer en una maceta.

Pero, a veces, cuando quería salir, se volcaba. La tierra se desparramaba y se tronchaban algunas hojas y tallos.

¡La mujer se enfadaba entonces terriblemente!

Decía que, al cavar, también se estropeaban las raíces.

Desgraciadamente, a veces también se caía la suciedad fuera.

¿Por qué han de ser tan pequeñas las macetas?

Cuando eso pasaba, la mujer aún se enfadaba muchísimo más. Y gritaba:

—¡Qué olor! ¡Es para vomitar! ¡Samuel, eres un malvado! ¡Huele que apesta!

¡Claro! ¡La suciedad de gato apesta! ¡Por eso es por lo que un gato, como es debido, la entierra!

El año "Micifuz"

Un día me ocurrió algo más horrible aún. Por la mañana había comido demasiado. La verdad es que, por entonces, yo siempre comía demasiado. Comía tanto porque la comida era mi único placer. ¡Y algún placer hay que tener en la vida!

Me encontraba muy mal, pues tenía el estómago demasiado lleno. Y un estómago atiborrado —como cualquiera puede comprender— tiene que vaciarse. Para ello existe un medio absolutamente infalible. Cuando vivía en el establo, mi madre me lo había enseñado. El medio es: ¡comer hierba!

Pero en una casa de ciudad, por desgracia, no suele haber hierba.

En el piso donde yo vivía no había otra cosa que las hojas verdes de las macetas. Y un gran jarrón de porcelana con un ramo de gladiolos. Primero traté de comer hojas verdes, pero sabían fatal. ¡Tampoco era de extrañar! La mujer las fumigaba todos los días con un "abrillantador de plantas". ¡El abrillantador de plantas sabe muchísimo peor aún que la comida de lata!

Así que me subí a la mesa y me comí las hojas de los gladiolos del jarrón. Sabían muy bien. Pero ni siquiera había acabado con la cuarta hoja, cuando se abrió la puerta de la habitación y entró la mujer, que se puso a gritar:

—¡Pero qué está haciendo de nuevo ese horrible Samuel!

Sus gritos me asustaron tanto que salté de la mesa. Y, al hacerlo, no tuve cuidado con el jarrón, que se volcó y se hizo añicos. El agua de las flores cayó sobre la mesa y empezó a gotear en la alfombra.

—¡Samuel, esto se acabó! ¡Malvado, más que malvado! —exclamó la mujer.

Salió corriendo de la habitación y regresó con la cesta con tapas. Yo me dejé introducir de buena gana. Estaba incluso contento, pues pensé: ¡la mujer me llevará de nuevo al establo!

Pero no me llevó al establo, sino a una casita rodeada por un pequeño jardín.

Me llevó a casa de otra mujer.

Una señora anciana y muy gorda.

—Mamá —le dijo la mujer a la señora anciana y gorda—, ¡te regalo nuestro gato para que no estés tan sola!

La señora anciana y gorda me sacó de la cesta y me preguntó:

—¿Cómo te llamas?

—¡Se llama Samuel! —le dijo la mujer.

—Samuel no es nombre de gato —dijo la señora gorda y anciana—. ¡Yo tuve una vez un gato que se llamaba Micifuz!

La señora anciana y gorda se sentó en una silla y me puso en su regazo, me acarició y dijo:

—Te llamaré también Micifuz. ¡Ya verás cómo te acostumbras a tu nuevo nombre!

La señora anciana y gorda se portaba muy bien conmigo. No me tiraba del rabo ni me ataba latas de conservas, ni me ponía vestidos de muñeca, ni tampoco me reñía cuando utilizaba una maceta de retrete.

Me acariciaba mucho y me rascaba por entre las orejas. Eso era muy agradable.

En la habitación de la señora anciana y gorda había además una estufa de cerámica con un banco. En el banco podía dedicarme a ronronear o a dormir. Para un lulú jubilado la vida en casa de la señora anciana y gorda hubiera sido un verdadero placer. ¡Pero yo no era un lulú jubilado, sino un gato joven!

El banco de la estufa por aquí y las caricias por allí estaban muy bien, ¡pero el jardincito que rodeaba la casa me atraía muchísimo más! En el jardincito había un ciruelo en donde, con frecuencia, se sentaba un pájaro. Y también un macizo de flores por donde, a veces, correteaba un ratón.

¡A todos los gatos les atraen los pájaros y los ratones! Yo me pasaba horas y horas sentado en el alféizar de la ventana de la habitación esperando a que el pájaro o el ratón aparecieran por el jardín. Cuando veía al uno o al otro, mi mandíbula inferior empezaba a temblar de excitación. Eso no le gustaba a la señora anciana y gorda. Y siempre me decía:

—¡Qué vergüenza, Micifuz! ¡Te doy de comer más que suficiente! ¿Por qué quieres comer también pájaros y ratones?

¡A una señora anciana y gorda no se le puede pedir que comprenda el instinto cazador de los gatos!

¡Pero tampoco se puede esperar de un gato joven y fuerte que comparta el punto de vista de una señora anciana y gorda!

Así que me ponía a gemir y a maullar muy fuerte rascando el cristal de la ventana. O saltaba del alféizar y corría hacia la puerta de la habitación y arañaba con las zarpas la madera de la puerta. Con ello trataba de hacerle entender a la señora anciana y gorda que tenía que salir al jardín como fuera.

La señora anciana y gorda se daba cuenta. Pero estaba en contra.

—Micifuz —me decía—, ¡no lo hago sólo por el pájaro y el ratón! ¡Delante del jardín está la calle, por donde pasan muchos coches! ¡Tú eres un gato muy tonto! ¡Saltarías la valla, te pillaría un coche y te mataría, Micifuz!

Cuando mis gemidos y maullidos se hacían muy lastimeros y me ponía a arañar el cristal de la ventana o la madera de la puerta dando unos terribles chillidos, la señora anciana y gorda me ataba una cuerda al cuello y me sacaba al jardín.

Estando atado a una cuerda de seis metros de largo, es imposible ponerse a cazar ratones. Y menos aún a cazar pájaros.

¡Una cuerda no es una cosa apropiada para un gato! ¡Los gatos odian las cuerdas, de la clase que sean! Pues un gato no es un perro.

¡Una vez casi estuve a punto de ahorcarme con la maldita cuerda! Había trepado a un árbol. Anduve primero por el tronco y luego a lo largo de una rama. La cuerda se enredó. Pero yo no me di cuenta. Quise subirme a otra rama más alta. Salté. ¡El trozo de cuerda que no estaba enredado no era lo bastante largo, así que me quedé colgando de la rama con la cuerda alrededor del cuello. Ni siquiera pude chillar muy fuerte, pues la cuerda me estaba estrangulando.

Pero la mujer sí que gritó. Gritó muy fuerte. Junto al jardincito de la señora anciana y gorda había otro jardincito en donde se encontraba un hombre podando un rosal con unas tijeras muy grandes. El hombre saltó la valla del jardín y cortó con las tijeras la cuerda de la que yo pendía. Yo caí por mi peso en los brazos de la señora anciana y gorda.

—¡Ay, Micifuz, mi pobre Micifuz! —sollozó la señora anciana y gorda.

Y me llevó de nuevo a casa.

¡Aquello del "jardín a la cuerda" no era ningún placer!

Así que me quité el vicio de arañar el cristal de la ventana o la puerta y me quedaba tumbado en el banco de la estufa. La señora anciana y gorda se alegró mucho. A menudo se sentaba junto a mí y me acariciaba, diciéndome:

—¿Lo ves, Micifuz? ¡Tú también te has dado cuenta! ¡Donde mejor se está es junto a la estufa calientita!

Luego metió la mano en el bolsillo del delantal y sacó una tableta de chocolate. La partió en trozos grandes y pequeños. Los trozos grandes se los comió ella y los pequeños me los dio a mí.

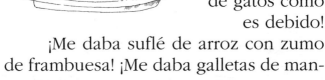

¡La verdad es que el chocolate no es la comida más adecuada para un gato! Pero entonces yo no lo sabía. Y la señora anciana y gorda tampoco tenía la menor idea de ello. ¡No tenía ni idea de lo que es una comida de gatos como es debido!

¡Me daba suflé de arroz con zumo de frambuesa! ¡Me daba galletas de mantequilla con chocolate! ¡Me daba pan con mantequilla y pastelillos de albaricoque! ¡Y, además, todos los días me daba, naturalmente, un cuenco lleno de leche y otro cuenco lleno de carne cruda! Me daba tantos trozos de hígado, bazo, pulmones, corazón y riñones que hubieran bastado para hartar a cinco gatos.

Al cabo de un año de vida de Micifuz, yo estaba más lleno y redondo que el cojín más lleno y redondo del sofá de la habitación de la señora anciana y gorda.

Estaba tan gordo que hasta me costaba trabajo saltar al alféizar de la ventana. Estaba tan gordo que me quedaba sin aliento con sólo dar tres paseítos de un lado a otro de la habitación de la señora anciana y gorda.

A veces, estando echado en el banco de la estufa, pensaba en trasladarme al alféizar de la ventana para echarle un vistazo al pájaro o al ratón. Pero antes de haberme decidido del todo, me volvía a quedar dormido.

He de reconocer que, en aquel tiempo, yo no era desgraciado. Me sentía incluso verdaderamente contento. ¡Cuando uno es gordo, vago y dormilón, es incapaz de darse cuenta de su situación!

En mi época de Micifuz no veía a mucha gente.

De cuando en cuando venía de visita la mujer que me había traído en la cesta con tapas.

A veces venía también de visita el hombre que me había soltado del árbol con las tijeras. Y, casi a diario, venía un hombre joven con un cesto. En el cesto había leche, mantequilla, pan y la carne para mí; y chocolate y galletas, y zumo de frambuesa y harina, y un montón de cosas más, todas comestibles.

El hombre joven dejaba el cesto en la cocina. La señora anciana y gorda le daba dinero. Y luego le daba también una nota en la que había apuntado lo que debía traerle al día siguiente.

La señora anciana y gorda era ya demasiado vieja para ir de compras. Y, probablemente, también demasiado gorda.

¡Una mañana no se levantó! Yo le estuve dando empujoncitos con el hocico durante un buen rato. Pero no se movió.

Salté de la cama y me senté en la pequeña alfombra que había delante, poniéndome a maullar muy fuerte. Pero siguió sin decir nada.

Entonces me fui a la cocina y me bebí la leche que aún quedaba en el cuenco. Luego me volví a echar en el banco de la estufa.

Oí llegar al hombre joven del cesto. Llamó a la puerta. Estuvo llamando bastante tiempo. Finalmente se marchó y yo me quedé dormido en el banco.

Me desperté en mitad de un sueño maravilloso. Estaban llamando muy fuerte a la puerta. Se oían varias voces: la del hombre joven del cesto, la del vecino de las tijeras y dos voces extrañas. Una de las voces extrañas exclamó:

—¡Habrá que romper el cristal de la ventana!

El hombre de la voz extraña se acercó a la ventana y rompió el cristal con el codo, haciéndolo añicos. Metió la mano por el gran boquete que había hecho en el cristal y abrió el pestillo de la ventana. Abrió la ventana y entró en la habitación. Tras él entraron también el hombre joven del cesto y el otro hombre desconocido. El vecino de las tijeras se quedó fuera, delante de la ventana.

Yo salté del banco y fui a esconderme debajo de la cama de la señora anciana y gorda.

—Ya no se puede hacer nada —dijo uno de los desconocidos.

—Está muerta —dijo el otro desconocido.

—¿No había por ahí un gato? —preguntó uno de los desconocidos.

—Creo que se ha metido debajo de la cama —dijo el otro desconocido.

—¿Qué será del gato ahora? —preguntó el hombre joven del cesto.

—Lo llevarán a un asilo de animales —dijo uno de los desconocidos.

—Me gustaría quedármelo —dijo el hombre joven del cesto—. ¿Creen que alguien pueda tener algo en contra?

—Ni idea —dijo uno de los desconocidos.

—¡En el asilo de animales estarán contentos de no tener que quedarse con un gato gordo y viejo!

¡Gato viejo! ¡Yo entonces apenas tenía un año!

—Anda, ven —dijo el hombre joven.

Se arrodilló sobre la pequeña alfombra y metió la cabeza bajo la cama.

—¡Anda, ven, viejito! ¡Vamos, acércate!

Yo no me moví.

—¡Tenga cuidado, no le vaya a morder! —dijo uno de los desconocidos.

—¡Los gatos viejos son muy traicioneros!

—Los gatos no son traicioneros —dijo el otro desconocido—. ¡Lo que pasa es que no se van con gente extraña!

—Pero a mí me conoce —dijo el hombre joven—. ¡Vengo todos los días!

A pesar de todo, yo seguí sin moverme. El hombre joven se deslizó entonces debajo de la cama y me sacó de mi rincón.

—¡Pero si es macho! —dijo uno de los desconocidos.

—¡Y además no es viejo! —exclamó el otro desconocido.

—¡Lo único que ocurre es que está gordísimo!

El hombre joven me cogió en brazos y agarró el cesto de comestibles.

—¡Anda, vamos! —me dijo.

Y luego, dirigiéndose a los dos desconocidos, añadió:

—¡Debería haberle preguntado a la vieja cómo se llama el gato!

—¡Se llama Micifuz! —exclamó el vecino de las tijeras, desde la ventana.

—Micifuz no es un nombre apropiado para un bicho tan grande —dijo el hombre joven.

Luego saltó por la ventana conmigo y con el cesto de comestibles. Cruzó el jardín y salió a la calle, en dirección a un coche.

—Micifuz —me dijo— es un nombre para un gato mimoso, blanco y delicado, ¡y tú eres una inmensa bola negra!

El hombre joven abrió la portezuela del coche, dejó el cesto sobre el asiento trasero, se sentó al volante y me puso en sus rodillas diciéndome:

—¡Eso es! ¡Una bola es lo que tú eres! ¡Gato Bola es el nombre que más te va! O, mejor aún: ¡Don Bola! ¡Eso es! ¡Tú eres Don Bola!

La vida de "Don Bola"

El comienzo de mi vida de "Don Bola" fue muy desagradable. ¡El hombre joven casi me mató de hambre!

En casa de la señora anciana y gorda había desayunado mucho más de lo que ahora comía en todo el día.

—Don Bola —solía decirme el hombre joven—, no me lo tomes a mal, pero tienes que adelgazar, si no, ¡te me morirás un día del corazón por exceso de grasa!

Una vez por semana el hombre joven me cogía en brazos y se subía conmigo sobre la báscula del cuarto de baño.

La primera vez que lo hizo, dijo:

—¡Don Bola, los dos juntos pesamos sesenta y cuatro kilos! ¡Y como yo peso cincuenta y nueve, eso significa que tú pesas cinco! ¡Eso es demasiado para un gato sano! ¡Te sobra kilo y medio, por lo menos!

Yo ya no sé durante cuántas semanas se estuvo subiendo el hombre joven a la báscula conmigo. Creo que fueron muchas. Pero aún recuerdo la vez en que exclamó:

—¡Don Bola, lo has conseguido! ¡Juntos pesamos sesenta y dos kilos y quinientos gramos! ¡Ahora ya tienes el peso ideal!

Sinceramente, he de reconocer que pasar hambre es algo muy desagradable y pesado, ¡pero tener el peso ideal está muy bien y es muy agradable!

Cuando se tiene el peso ideal uno puede saltar sin esfuerzo a cualquier armario y correr durante horas tras una pelota de ping-pong. Se pueden cazar moscas y dar volteretas.

La casa correspondiente a mi vida de Don Bola estaba en un edificio muy

alto, debajo del tejado. Buhardilla es el nombre que le dan a una casa así. Desde la ventana de nuestra cocina se podía ver el tejado. Y también el cielo. Y las palomas que andaban por el canalón. Y los gorriones que se posaban en las tejas.

Cuando uno deja de ser un gato gordo y ha alcanzado el peso ideal, se vuelve a sentir interés por los pájaros que están delante de la ventana, a mirar el tejado desde el alféizar y a maullar, gemir y arañar el cristal con las zarpas. Y la mandíbula inferior también le vuelve a temblar a uno por el deseo de cazar.

Pero el hombre joven era igual de cabezota que la señora anciana y gorda:

—¡De eso nada, Don Bola! —me decía—. ¡No te dejaré salir al tejado! ¡Eres un gato muy tonto y vives en un quinto piso! ¡Te podrías caer y desnucarte!

A veces venía una señorita de visita. A mí me gustaba mucho. Olía muy bien. Y tenía unos dedos muy suaves; sabían rascar mucho mejor que todos los demás dedos que hasta entonces me habían tocado.

Me alegré mucho cuando, algún tiempo después, la señorita llegó con dos grandes maletas y se quedó a vivir con nosotros.

La señorita no podía dormir con las ventanas cerradas.

—¡Me asfixio! —dijo.

—Pero, si abrimos la ventana —dijo el hombre joven—, ¡Don Bola se irá al tejado!

—¡Pues claro! —exclamó la señorita—. ¡A los gatos les encanta andar por los tejados! ¡Sería un verdadero sadismo no dejar a Don Bola salir al tejado!

—¿Y si se cae? —preguntó el hombre joven.

—¡Los gatos no se caen del tejado! —dijo la señorita en un tono tan convencido que el hombre joven cedió.

Todas las tardes abría la ventana de la cocina y yo saltaba al tejado. Desde allí podía, también, saltar al tejado vecino. Casi todas las noches venía también a nuestro tejado otro gato. Un gato de color pardo rojizo con rayas blancas. ¡Era muy emocionante! ¡Los gatos suelen evitar encontrarse con otros! ¡Y cuando uno se cruza en el camino de otro tiene que pelearse con él!

Todos, sí, los gatos machos "marcan" su territorio con un líquido que huele muy fuerte. Así, cualquier gato extraño está sobre aviso: ¡Esta zona pertenece a otro gato! ¡Mejor será que me vaya de aquí rápidamente! O: ¡Si me quedo, tendré que pelearme! Yo era de la opinión de que la buhardilla, nuestro tejado y el tejado de la casa de al lado eran mi territorio y de que al gato de color pardo rojizo con rayas blancas no se le había perdido nada allí. Así que marcaba el tejado de la casa vecina, nuestro tejado y nuestra casa. Para eso basta con esparcir unas cuantas gotitas cada tantos metros. A mí, el olor me parecía agradable, ¡lo cual no es de extrañar! Al fin y al cabo era mío.

Pero el hombre joven y la señorita encontraban repugnante el olor que yo iba dejando.

—¡Qué horror! —exclamaba la señorita cuando llegaba a casa por la tarde en compañía del hombre joven—. ¡Aun huele peor que la suciedad de gato! ¡No hay quien lo aguante!

Abrían las ventanas de par en par y fregaban el suelo con un líquido que realmente apestaba. Luego recorrían toda la casa y olfateaban por todos los rincones con arrugas de tristeza y quejándose:

—¡Todavía huele!

Pero, aunque me daba mucha pena, yo no podía tener consideración con el hombre joven y con la señorita. ¡Un gato *tiene* que marcar su territorio!

La situación era bastante tonta: yo marcaba mi territorio y ellos lo lavaban todo con amoniaco y jabón, y echaban aroma de rosas y de pino con el atomizador hasta que uno de ellos decía:

—¡Ahora ya es más soportable!

Pero entonces era a mí al que le parecía que no había quien lo soportase, y volvía a marcar.

La cosa se prolongó durante más de dos semanas, y entonces dijo la señorita:

—¡Hay que castrar a Don Bola!

—¡No! —exclamó el hombre joven—, ¡no lo puedo permitir! ¡Dejaría de ser un hombre de verdad!

—¡Pero así no apestará! —dijo la señorita—. ¡Si no castramos a Don Bola, me marcharé!

El hombre joven acabó cediendo.

—Vale —dijo—, ¡qué se le va a hacer!

A mí, aquella conversación tan acalorada me hizo desconfiar. Con mi poca experiencia de entonces yo no tenía la menor idea de lo que la palabra "castrar" significaba, pero los gatos tienen un oído muy fino y no sólo escuchan los sonidos muy débiles, sino que también se dan cuenta de cuándo es una palabra amable y pacífica o mala y amenazadora. La palabra "castrar" sonaba muy amenazadora y muy mal. Me escondí bajo la cama. Pero no me sirvió de nada. La señorita me sacó de debajo y me ató una correa roja al cuello.

—Ahora mismo me voy con él al veterinario —dijo la señorita al hombre joven—. Si no, ¡volverás a cambiar de opinión!

La señorita sujetó fuertemente la correa y me cogió en brazos. Yo traté de escapar, pero me pasó como con el árbol de la señora anciana y gorda, pues la señorita no soltó la correa y yo me quedé colgando casi al ras del suelo.

—No seas tonto, Don Bola —dijo la señorita volviéndome a coger en brazos y sujetándome con tanta fuerza que ya no pude saltar.

Mi vida anónima

La señorita salió conmigo del piso, bajó la escalera, abrió la puerta de la casa y avanzó por la calle. En la calle se estaba muy mal. Había muchos coches que hacían un ruido horrible y que olían también muy fuerte.

Anduvimos un buen trecho. Luego la señorita abrió la puerta de una casa, subió conmigo por la escalera y llamó a una puerta blanca con un letrero dorado.

Del otro lado de la puerta blanca se oyó ladrar. Mi pelo se erizó tanto que parecía otra vez el cojín relleno del sofá de la señora anciana y gorda. A los gatos no nos gustan los ladridos. Ni tampoco los animales que ladran. E igual de poco les gustamos los gatos a los ladradores.

Después del timbrazo se abrió la puerta. Se abrió sola. Pude ver una sala muy grande, y lo que allí descubrí me asustó tanto que eché las orejas hacia atrás y empecé a bufar muy fuerte.

En la sala había cuatro ladradores inmensos, dos medianos y tres pequeños, y todos ladraban.

—¡No te pongas nervioso, Don Bola! —dijo la señorita—. ¡Los perritos están sujetos y no te harán nada!

La señorita se sentó en una silla y me puso en su regazo. Cuando un gato no encuentra salida a su horrible situación, y ni siquiera se puede esconder, se hace el muerto. Es lo más razonable que uno puede hacer. Y eso es lo que hice yo. Me eché en el regazo, me encogí todo lo que pude y cerré los ojos.

—¡Ya se ha tranquilizado el gatito! —dijo una persona que estaba sentada en una silla, junto a la señorita.

¡Qué tontería! ¡Yo estaba más nervioso que nunca!

Pero los ladradores se tranquilizaron. Por lo menos dejaron de ladrar. Pero su respiración, fuerte y jadeante, era suficientemente amenazadora.

Al cabo de un rato abrí un poco un ojo. Y, como vi que todos los perros estaban tumbados en el suelo medio adormilados, abrí también un poco el otro ojo. Vi que una puerta se abría. No era la puerta por la que habíamos entrado. Estaba en otra pared. Por la puerta salía un olor repugnante, y, detrás del olor, salió también una mujer con un gato en brazos. El gato tenía la panza vendada de blanco y parecía totalmente muerto.

La mujer metió al gato en una cesta y dijo:

—¡Todavía está bajo los efectos de la anestesia!

Luego cogió la cesta y se marchó.

La señorita me rascó por entre las orejas.

—Don Bola —me susurró en tono de elogio—. ¡Te estás portando muy bien! ¡Creo que ya puedo quitarte la correa!

La señorita abrió la hebilla y guardó la correa en el bolsillo de su abrigo.

¡En ese momento tomé la gran decisión! ¡Ya sabía lo que me esperaba! Querían vendarme la panza en una sala que olía fatal y dejarme como muerto con anestesia. ¡No podía consentirlo!

Nada más salir por la puerta que apostaba una persona con un ladrador en dirección a la otra puerta, me dispuse a saltar. La persona abrió la puerta. Yo salté del regazo de la señorita y escapé hacia la puerta pasando junto al ladrador. Me fui corriendo hacia la escalera y bajé por ella. En el vestíbulo de la casa me escondí tras una pila de cajas de cartón vacías.

La señorita vino detrás. Subió y bajó como loca la escalera gritando:

—¡Don Bola! ¿Dónde estás? ¡Don Bola, anda, pórtate bien y ven aquí!

Una persona con un ladrador ayudó a la señorita a buscarme. O, mejor dicho, le dijo al ladrador que me buscase.

—¿Dónde está el gatito? ¡Anda, busca al gatito! —dijo.

Pero el ladrador tenía una nariz muy tonta. Anduvo olfateando por todas partes sin encontrarme. Luego levantó una pata y ensució la pared. El hombre se enfadó con él y tiró de él hacia la escalera. Después llegó una mujer y le dijo a la señorita que no tenía sentido buscarme.

—¡Cuando un gato dice que no, es que no! Pero todos saben encontrar el camino a casa, si quieren. ¡Los gatos tienen un sexto sentido! —dijo.

Entonces la señorita se marchó sollozando. ¡Claro que podría haber encontrado la casa en cualquier momento! Hubiera sido cosa de gatitos para mí.

Y he de reconocer que, después de haberme pasado una hora detrás de las cajas de cartón, incluso estaba dispuesto a ello.

La puerta de la casa estaba cerrada, así que salté por una ventana abierta que daba a un patio. Salté fuera con la intención de cruzarlo. Pero, en ese momento, vi un ratón. Y, tras él, otro ratón más.

Ocho ratones cacé en el patio. Luego me sentí cansado. Encontré un hueco que daba a un sótano, salté dentro, me fui hacia un montón de carbón y me quedé dormido.

Al día siguiente quise ponerme nuevamente en camino hacia la casa del hombre joven.

Dejé el montón de carbón, corrí a través del patio y salté por encima de un muro. En la calle, al otro lado del muro, había cubos de basura llenos de restos de comida. Al mirarlos más de cerca, vi que estaban llenitos de ratones.

Maté más ratones de los que era capaz de comer. Luego volví al sótano y me quedé dormido.

Los gatos necesitan dormir mucho.

Al tercer día, de camino a casa, lle-
gué a un parque. Un parque con muchos árboles. Con muchos árboles y con
muchos pájaros sobre las ramas. Igno-
rante como era, pensé que podía cazar
los pájaros del árbol. Pasaron dos días
hasta que me di cuenta de que eso no era
posible. ¡Claro! ¡Los pájaros pueden vo-
lar! Y un gato necesita las cuatro zarpas
para agarrarse a las ramas. A un pájaro
—de eso me di cuenta luego— sólo lo
puedes atrapar cuando está posado en
la hierba.

Me quedé en el parque más de una
semana. Después empezó a llover y ya
no paró. Por eso pensé en regresar a casa
del hombre joven y de la señorita. Pero
como un gato no puede ir paseando por
los caminos de una gran ciudad, me fui
en zig-zag a través de patios, tejados y
sótanos.

En uno de los tejados me encontré
con una gata blanca, de la que me ena-
moré. Le estuve haciendo la corte con
muchos ronroneos y arrullos, pero no se

mostró dispuesta y huyó. Yo la seguí. Tuve que perseguirla por más de media ciudad hasta conseguir que me hiciese caso. Al día siguiente, cada cual siguió su camino.

Desde entonces, ya no he vuelto a querer volver con el hombre joven y con la señorita.

Prefiero seguir siendo un gato libre.

¡Claro que, a veces, es fatigoso! A veces no encuentras ni ratones ni pájaros. Y, con frecuencia, cuando no encuentras una ventana abierta por donde meterte, también se pasa frío. Y además es peligroso. Cuando me pongo enfermo nadie me lleva al veterinario. Y un día cualquiera me podría pillar un coche.

Probablemente no llegaré a ser tan viejo como un gato casero con nombre. Pero llegar a viejo no tiene por qué ser necesariamente la mayor felicidad. Es posible que tampoco sea la mayor felicidad ser un gato libre. Tal vez lo sienta cuando sea viejo. Pero ¡qué vida sería ésa en la que, al final, no sientes nada!

Una cosa sé, por lo menos:

¡Antes de convertirme otra vez en un "Michi-Michi", en un "Samuel", en un "Micifuz" o en un "Don Bola", prefiero seguir siendo un gato hambriento, acatarrado, sucio, lleno de piojos y anónimamente libre!

Un gato no es un cojín terminó de imprimirse en julio de 2000 en Encuadernación Ofgloma, S.A. Calle Rosa Blanca núm 12 Col. Santiago Acahualtepec 09600, México, D.F. Cuidado de la edición: Marta Llorens y Diego Mejía Eguiluz.